글벗시선164 송연화 시집

# 임 오시는 길

### 송연화 지음

# 임 오시는 길에

어둠이 내려앉은 기와집 마당 뜨락
임께서 오시는 길 힘들면 어이 할꼬
초롱꽃 불 밝혀놓고 정성으로 지켜요

하루의 일과를 마치고 오늘도 임을 기다립니다. 초롱
꽃 불 밝히는 마음으로 내 삶을 지킵니다

축제를 열었어요. 오늘 밤 오시나요
초롱꽃 조롱조롱 꽃등을 걸어두고
고운 임 오시는 그 길 꽃향기로 만나요

시를 쓰는 일이 임에게 제가 드릴 수 있는 기쁨입니
다. 임이 오시는 그 길에 꽃향기를 뿌려요.

2022년 4월

# 차 례

# 제2부 호박꽃 사랑

# 제3부 들녘의 주인

# 제4부 가슴에 핀 꽃

# 제5부 그리운 날에

# 제1부

# 임 오시는 길

# 감자

비닐 속 꼬물꼬물
감자들 웅성웅성
멀칭 위 감자포기
한 아름 가득이야
자주 꽃 하얀 꽃 무리
화사하게 피었네

꽃피고 새가 우는
텃밭의 감자밭엔
감자꽃 송알송알
화려한 왕관 쓰고
그리워 찾아왔구나
어서 보자 얼굴들

터널 속 감자 형제
모였네 옹기종기
주인들 만남의 날
손꼽아 기다린다
동그란 다산의 감자
'수미'라고 부르지

# 녹색혁명

비 온 뒤 상쾌함이
온 누리 번져가고
햇살의 반짝임은
다독여 살펴주네
따스한
하루의 햇살
반짝반짝 고와라

들녘의 농작물도
하루가 다른 모습
성장들 쑥쑥이네
머무는 눈길마다
미소 꽃
가득 피어서
둥근 마음 되누나

자연의 감사함에
고운 맘 가득 실어
하루의 시작으로
벅찬의 감동 물결
꿈꾼다
녹색혁명아
푸른 물결 번져라

# 하늘빛

눈부신 푸른 하늘
볼수록 아름다워
두 눈에 담으려니
아까워 한 컷 두 컷
무심히
쳐다본 하늘
온 마음을 흔드네

흰 구름 삼켜버린
새파란 하늘빛에
혼탁한 이내 마음
뽀송뽀송 걸어두고
들녘의
초록 물결과
샤방샤방 즐기네

# 도어벨

출입구 딸랑딸랑
은은한 종소리의
울림이 퍼져오면
입꼬리 귀에 쩌억
반갑게 어서 오셔요
어서 오긴 집이지

살가운 농담에도
왜 이리 반가울까
도어벨 울어줄까
출입구 바라보네
긴 시간 기다린 영업
쓸쓸함만 넘치네

# 보호수 소나무

마을의 보호수인
소나무 우람하다
하늘을 찌를 듯이
푸르게 높이 솟아
박차고 오르는 모습
관광지가 되었네

소나무 푸른 기상
솔잎은 바늘처럼
침엽수 소나무는
삼백 년 역사 지킴
마을의 보호수 되어
안녕 기원 바라기

# 유월의 시작

눈부신 햇살 업고
뚝방길 걷기운동
새로운 다짐으로
건강을 챙김으로
즐거운 유월의 시작
기쁨으로 달린다

금계국 방긋방긋
유월을 축복하듯
바람결 한들한들
꽃물결 노란 들녘
새로운 희망 품고서
팔랑이며 반기네

어쩌다 뿌리내린
금계국 웃음으로
실개천 뚝방길을
자연과 어울리며
유월의 행복한 여인
꿈꾸면서 걷는다

# 작약꽃

둥근 꽃 몽올몽올
송이송이 아름 피어

작약꽃 울긋불긋
볼수록 화려하네

꽃향기
퍼져나가니
벌 나비들 모이네

모여든 벌 나비들
붕붕이 노란 장화

꿀 담아 날아가고
겨울을 준비하네

곤충들
부지런함을
바라보며 배우네

## 바람(1)

햇살은 폭포수처럼
뜨겁게 쏟아져 내리고
간간이 불어오는 바람에
온몸을 내어준다

꽃모종 시들어질까
걱정되는 맘
양동이에 물 담아
조리질 조르륵

가을까지 동행해줄
갖가지 여린 꽃모종들
구덩이 작게 파고 심어
포실한 흙으로 살폿 덮고

이마엔 구슬처럼 맺힌
동그란 땀방울 뚝뚝
시골집 예쁜 뜨락을
그려보는 맘 설렌다

젖은 이마와 목덜미
바람 한 점이 몰려와
간지럼 주는 이 순간이
왜 이리도 고마운 걸까

## 앵두와 오디

빨갛게 익어가는
말랑한 앵두 골라
입 안에 넣었더니
두 눈이 윙크윙크
탐스러운 뜨락의 앵두
까치들의 먹이야

뽕나무 달린 오디
까맣게 변색 되니
새떼들 조르르 와
맛있게 쪼아 먹네
자연의 별미 열매들
새들 먹이였어라

# 보리가 익어갈 때

봄은 말없이 떠나가고
더위가 시작되는 초여름
들녘의 아름다운 보리밭

어릴 적 고향의 풍경이
눈 앞에 펼쳐진 모습
누런 보리가 마냥 정겹다

할아버지의 긴 수염처럼
알알이 영근 보리 이삭
황금빛으로 익어가네

유년의 어린 시절
고향의 정겨운 모습들
둥둥 떠오르는 그리움

빛바랜 추억의 그 시절
배고팠던 보릿고개
황금 보리밭 사연에 물드네

# 비 내리고

초여름 날씨 변덕
하루걸러 비 내리고
농작물 성장 멈춰
농부 맘 부글부글
하늘에 닿으려는가
근심 걱정 툭 털자

아침에 눈 뜨면서
텃밭에 걸음 옮겨
사랑의 한마디씩
건네는 심중의 말
사랑아 쑥쑥 자라렴
건강하게 만나자

적당한 거리 두고
단비로 만났으면
얼마나 좋았을까
독백의 넋두리로
농작물 바라보면서
애타는 맘뿐이야

# 백장미

순결한 고운 모습
한순간 훅 반해서

살며시 어루만져
꽃송이 흔들흔들

향기를 토해내는 너
아름다운 백장미

눈길을 보내놓고
들뜬 맘 콩닥이고

순백의 하얀 미소
하룻길 꽃향기로

온 맘을 흔들어놓고
살랑이며 떠나네

## 그대랑 나랑

그윽한 삶의 향기
번지는 하룻길에
뜨락에 소담스런
햇살이 내려앉네
왜 이리 반가운 건지
임의향기 같아라

작물들 좋아 좋아
신나게 흔들흔들
춤추며 노래하며
사랑가 불러주네
마주한 그대랑 나랑
함박웃음 번지네

# 빵 카페

출근길 들린 카페
진열장 맛깔난 빵
갖가지 소복소복
침샘을 자극하네
맛보기
후회뿐이야
혈당 관리 꽝 됐네

수개월 저염식단
잡곡밥 나물 반찬
단백질 내 몸 챙겨
날마다 운동으로
귀한 몸
토닥토닥이
건강 돌봄 잘하자

# 농부의 땅


이웃집 결과물인
양상추 수확이야
새벽녘 인부들은
이슬에 흠뻑 젖어
고단한 양상추 작업
부농의 꿈 이룰까

상자에 옮겨 담는
귀한 몸 대우받네
경매에 금값 대우
받아오면 좋으련만
농부의 흘린 땀방울
보석 되어 오려마

# 저녁 노을빛

노을빛 곱게 물든
들녘의 농작물들
빛 화장 반짝반짝
수려한 몸단장에
농작물 저녁 노을빛
아름답게 물드네

드리운 고운 햇살
살며시 떠나가고
노닐던 순한 바람
숲으로 돌아가고
조용한 들녘의 사랑
노을빛에 잠기네

## 동트는 아침

동녘에 환한 얼굴
빼꼼히 새벽 인사
반갑게 주고받고
하룻길 열어가네
울랄라 동트는 아침
친정으로 달리네

무 씨앗 직파 파종
일손이 부족하여
새벽길 달려가는
오누이 정 나눔은
내 반쪽 무조건 직진
일등공신이라네

# 길 따라 물 따라

금계국 황금물결
상큼한 꽃향기는
길 따라 너울너울
휘돌아 걷는 기쁨
눈 호강 맘껏 즐기며
이 하루를 담는다

냇물은 살랑살랑
유유히 흘러가고
굽이진 물길 따라
고기떼 뛰어올라
은 비늘 번쩍이면서
헤엄치며 노누나

# 뿔난 파

이웃집 텃밭에는
대파들 뽑났어요

모여서 속닥속닥
끝마다 매어 달린

엉뚱한 모습들이야
우습구나 네 모습

그 맛은 어떠할까
만지고 둘러봐도

뿔에서 씨앗 달고
도무지 알 수 없네

궁금증 쌓이고 쌓여
잘근잘근 앗 매워

# 너랑 나랑

흰 장미 빨강 장미
울타리 너랑 나랑
마주한 고운 모습
어울림 멋지구나
그윽한
꽃향기 폴폴
향기로움 넘치리

오가는 발걸음들
감탄사와 예쁘단 말
한마디 던져주는
칭찬에 헤벌쭉이
장미꽃
넘치는 사랑
하루해가 짧구나

## 당신

당신을 만난 것이
내 인생 최고 행운
인생길 살아가는
가장 큰 축복이죠
우리 둘 지금처럼만
아껴가며 살아요

이웃의 사람들과
어울림 하는 것도
벅참의 아름다움
정답게 둥글둥글
사랑과 정 나눔으로
행복 꽃이 피지요

아침에 눈을 뜨면
당신을 볼 수 있어
얼마나 다행인지
말할 수 있는 기쁨
소중한 당신과 함께
이 하루를 즐겨요

# 여름 김치

하우스 배추 심어
정성껏 키웠더니
통배추 속이 꽉 차
김치를 담그었네
여름날
긴 장마 김치
뚝딱뚝딱 맛있게

양념에 버물버물
속 노랑 한잎 두잎
켜켜이 화장시켜
김치 통 차곡차곡
갈무리
걱정 없어라
사랑 듬뿍 받으렴

# 꿈의 언저리

두 둥실 떠다니는
저 하늘의 조각구름
추억은 모락모락
안개처럼 피어오르고

짙은 푸름의 옷을 입고
창공을 훨훨
고운 벗 찾아가려나
그리움 찾아가려나

만지면 부서질 것만 같은
모래성 수없이 쌓으며
고운 꿈길을 살금살금
꿈의 언저리 걸어본다

내 그리운 벗 찾아서
한걸음 또 한 걸음씩
하늘거리는 속내 툭툭
비워 내면서 걸어본다

# 임 오시는 길

어둠이 내려앉은
기와집 마당 뜨락
임께서 오시는 길
힘들면 어이 할꼬
초롱꽃 불 밝혀놓고
정성으로 지켜요

논밭에 개구리들
일제히 개굴개굴
음악회 열렸지요
까만 밤 하얀 달빛
뜨락에 알알이 박혀
보석처럼 빛나죠

축제를 열었어요
오늘밤 오시나요
초롱꽃 조롱조롱
꽃등을 걸어두고
고운 임 오시는 그 길
꽃향기로 만나요

# 해 질 녘

온종일 수고하신
해님은 서산으로
쉼하려 떠나가네
하우스 지붕 위로
아쉬운 작별의 인사
토닥이며 떠나네

흰 구름 곱디곱게
핑크빛 물들이고
들녘의 농작물들
금빛이 녹아질 때
하룻길 어스름 들녘
어둑어둑 저무네

## 제2부

# 호박꽃 사랑

# 밤호박 단호박

펼쳐진 우산처럼
호박잎 너울너울
푸르름 가득이다
튼튼한 줄기 뻗어
밭고랑 가득 덮고서
화려하게 춤추네

노랑꽃 마디마다
작은 알 올망졸망
형제들 사이좋게
영양분 나눠 먹고
여름날 이겨 내면서
으싸으싸 자라네

# 흔들리는 맘

떨어진 꽃잎들은
바람에 흔들리고
고단해 축 처진 몸
바람에 흔들린다
농사가 너무 힘들어
이젠 그만 접을까

해야지 말아야지
두 마음 갈림길에
바람 들어 흔들흔들
어이쿠 왜 이럴까
농심의 큰 뜻 큰마음
작아지는 맘 자리

계절의 크고 작은
사연의 농사짓기
기쁨의 벅참으로
행복한 즐거움이
온 맘을 들뜨게 했지
맘 다잡고 또다시

# 바람(2)

바람은 쉴 새 없이
몰려와 노닥노닥
청량한 바람결은
온 들녘 휘이휘이
피곤한 몸 쉼 하면서
뒹굴뒹굴 벗하네

새파란 하늘 빛깔
저리도 고운 걸까
자연의 위대함에
미소가 가득 번져
살포시 즐기는 하루
마음 충전이라네

비단결 흰 구름은
점점이 흘러가고
초록의 들녘에는
춤추는 농작물들
하늘 땅 조화로운 날
일렁이는 꽃물결

# 윤리와 도덕

한 번쯤 살아온 길
뒤돌아보게 하는
요즘의 일상생활
때로는 어이없는
상실감 윤리와 도덕
우리들의 자화상

자라는 청소년들
섬김도 공경함도
깡그리 잊은듯해
아리고 맘 아프다
우리의 미래의 꽃들
어이하면 좋을까

어른들 잘못일까
대화에 욕 나오고
나쁜 말 주고받는
언어들 사라지고
보장된 밝은 미래를
꿈꿔본다 정말로

# 고운 햇살

쨍쨍쨍 고운 햇살
텃밭의 농작물에
살포시 내려앉아
정답게 웅성웅성
옥수수 개꼬리가 쑥
살랑살랑 번지네

비 온 뒤 맑음이라
푸르름 반짝이고
저마다 낭실대며
기 살아 좋아 좋아
수확 철 기쁨 돌아와
벅참으로 설레네

# 접시꽃

접시꽃 알록달록
층층이 가득 피어
고운 꽃 임의향기
그리움 달래주네
꿋꿋이
외로움 잊고
활짝 피운 웃음꽃

화사한 접시꽃은
예쁘게 소담소담
웃음꽃 방글방글
넉살의 미소 지음
활짝 핀
접시꽃 당신
싱글벙글 웃지요

# 까칠 복숭아

청옥산 둘레길로
산행을 떠나 본다
도시락 고기 사고
엄마랑 소풍 삼아
야생의 까칠 복숭아
기쁨으로 얻으리

햇살이 살폿살폿
숲속의 보물찾기
청정의 맑은 공기
우아한 새들 합창
보란 듯 어울리면서
즐겨보네 하룻길

깨끗이 손질해서
개복숭아 효소 담아
원액 음료 반찬 조미
골고루 응용하자
숯불에 쇠고기 구이
점심 식사 맛나네

# 구름꽃

들과 산 병풍처럼
끝없이 펼쳐진 곳

청옥산 둘레길엔
구름 꽃 몽실몽실

흰 구름
파란 하늘에
둥실둥실 떠 있네

어디로 달려가나
목적지 끝닿을 곳

그곳엔 내 그리운
벗들이 살고 있지

무심한
세월 탓하며
정처 없이 흐르네

# 풍력발전기

청옥산 풍력발전기
바람 일으켜 전기생산
자연의 위대함에
입이 쩌억 놀라울 뿐

굽이굽이 돌고 돌아
오르는 비포장 신작로
뽀얀 흙먼지 뒤집어쓴
승용차들 꼬리를 물고

궁금해 달려온 현장답사
끝없이 펼쳐진 들꽃
숨 멎을 듯 향기는 날리고
인산인해로 소란스럽다

청량함에 소름이 돋고
산 아래 언덕 밭의 정겨움
도란도란 거니는 연인들
사랑은 파도를 타고 있네

# 어느 멋진 날

속초로 고성으로
여행을 다녀본다
두 사람 결혼 기념
만남을 축복하며
추억 속 어느 멋진 날
떠올리며 즐기네

고성의 라벤더꽃
축제장 북적북적
꽃물결 사람 물결
저마다 흥이 올라
핸드폰 사진 담으며
끼리끼리 어울림

사는 게 별건가요
주어진 환경 속에
최선을 다해 살면
그것이 행복이요
두 사람 소중한 인연
아끼면서 살아요

# 들꽃

가꾸지 아니해도
저 홀로 피어나서
한 계절 곱게 살며
벌들의 꿀이 되고
오가는
길손 즐겁게
꽃향기로 맞는다

풀 내음 머리 위로
반지르르 흘러내려
향기로 돌돌 말아
벙글어 활짝 폈네
오늘은
들꽃들 만나
어질어질 좋아라

# 포도꽃 다래꽃

청옥산 둘레길엔
주인은 안 계셔도

포도꽃 다래꽃이
지천에 피어 있네

풍년의 알토란 열매
돌아오면 반기리

초록의 앞산 뒷산
수풀이 우거지고

산새들 지저귀며
한가로이 노는구나

이곳이 별천지일세
노세노세 즐겁게

# 바다


가 보고 싶었던 곳
비릿한 내음 배여 있는
바다가 늘 그리웠었지

소돌 공원의 바닷가
두 가슴에 가득 담으니
콩닥콩닥 좋아라

쉴 사이 없이 밀려오는 파도
하얀 포말은 검은 바위에
부딪쳐 부서져 내리고

가수 배호의 파도 노래
동전 오백 원에 듣고
할머니들과 어울려 감상

이 얼마만의 여유인가
텅 빈 가슴 기쁨으로 꽉 채워
보금자리로 나 돌아가리

# 호박꽃

진노랑 호박꽃이
소담스레 피었구나
꿀벌들 사랑 찾아
어울려 옹기종기
꿀 찾아 호박 항아리
들락날락 여행 중

발에는 노란 장화
꿀 저장 신기방기
날개는 팔랑팔랑
춤추듯 날고 있네
붕붕이 호박꽃 사랑
열매 맺은 애호박

# 감자 수확

따사로운 햇살 업고
밭고랑 파헤치면
감자알 데구루루
호미질하는 손길
수확의 기쁨이 가득
손맛 기쁨 최고야

얼굴은 화끈화끈
고르고 담는 손길
즐거움 가득이라
상자에 한알 한알
수북이 쌓이는 기쁨
감자 부자 되었네

선별해 박스 작업
주소를 옮겨 쓰며
꼬물이 사랑이들
쑥쑥이 어른 되어
오늘은 시집가는 날
시끌벅적 잔칫날

# 달마중

까만 밤 자정 넘어
퇴근을 서두른다
황홀한 데이트에
이야기 도란도란
두 사람 오고 가는 길
정다워라 달마중

사는 게 고단해도
내일의 꿈과 희망
품으며 달려본다
하룻길 감사하며
정다운 나의 집에서
꿈의 꽃길 찾으리

# 옥수수(1)

나날이 다른 모습
키가 쑥 반짝반짝
개 꼬리 하늘하늘
수염들 울긋불긋
두 형제 저 잘났다고
힘 자랑을 하누나

여물기 기다리는
애타는 농심이라
날마다 눈도장에
발 도장 콕콕 찍어
옥수수 토실 토실이
통큰 자랑 해보자

# 능소화꽃

곱게 핀 능소화꽃
담장 위 사뿐 앉아
그리운 임을 향한
고운 맘 가득 실어
해 질 녘 먼 산 보면서
그리움을 삼키네

이제는 돌아올까
긴 시간 기다려온
세월도 아스라이
뻐꾹새 장단 맞춰
애달피 울고 있는데
오지 않는 임이여

떨어진 꽃잎 위에
바람은 지나가고
시원한 소나기에
서러운 눈물방울
이 꽃잎 떨구고 나면
내 곁으로 오려나

# 표고버섯

고급진 표고버섯
나무에 다닥다닥
형제들 올망졸망
즐겁게 숨바꼭질
나두야 원숭이처럼
나무 타고 오를까

조금 더 가까이에
얼굴을 마주하며
신나게 웃어보자
미소 꽃 방글방글
어여쁜 동그란 얼굴
살이 올라 오동통

# 칠월의 첫날에

손님 오시려나
목청이 터져라
울어주는 까치

칠월의 첫날
기쁨으로 시작
발걸음도 가볍게

옥수수수염이
꼬들꼬들 말리고
열매들은 주렁주렁

땀 흘린 노고만큼
농작물들의 풍요가
벅참으로 안긴다

또다시 난 희망을
가득 품고 들녘에서
행복 씨앗을 수확 중이다

# 저녁노을

동그란 하늘에는
농익은 무지갯빛

노을이 곱게 번져
아롱아롱 반짝이고

비단을
펼쳐 놓은 듯
화려하고 곱구나

지는 해 나지막이
아쉬워 빼꼼빼꼼

건너다 바라보며
내일을 기약하네

한 폭의
수채화처럼
꽃구름 속 달리네

# 들깨 파종

한해의 먹거리
들깨 파종 시작
산들바람 솔솔
다행이지 모야

포토 판에 모종 흙
포실하게 담아 콕콕
누르개로 힘자랑
동글동글 볼우물

들깨 알 두 알 세 알
나란히 줄 맞춰
정성껏 토닥토닥
흙 이불 덮어준 뒤

물주고 사랑 주고
정성으로 돌보미
어머나 세상 구경
텃밭으로 이사 가자

## 마음자리

꽃이 필 때는 웅성웅성
주위가 아름답고
고운 향기 가득하지만

꽃이 진 빈자리엔
검은 그림자 드리우고
바람만 사그락사그락

마음의 향기를 품으면
얄미운 바람 한 점에도
가슴에 꽃이 피어나리

희망찬 아침 해 솟아오르듯
마음 가득 사랑을 품으며
향기 나는 삶을 살아갈 수 있을까

# 소나기

회색빛 하늘가엔
먹구름 가득 담고
습한 땅 불쾌 지수
치솟아 끈적이고
바람은 소나기 동행
이리저리 휘젓네

호박꽃 해바라기
봉선화 꼬마 장미
둘레길 물올라서
뜨락의 어여쁜 꽃
가만히 보고 또 보고
무언 대화 나누지

세차게 내리쏟는
소나기 흠뻑 맞고
아파서 고개 숙인
아가들 애처롭네
긴 장마 어찌 견딜까
벌써부터 애가 타

# 호박꽃 사랑

햇살과 바람결에
노란 꽃 활짝 피운
꿀벌의 사랑으로
열매들 올망졸망
한낮의 호박꽃 사랑
깊어가고 있구나

호박꽃 줄기 따라
사랑의 결정체들
산고의 아픔 딛고
마디마디 열렸구나
애호박 바구니 가득
지인들께 보내리

74_ 임 오시는 길

# 제3부

# 들녘의 주인

# 글벗 사랑

장맛비 밤새도록
주르륵 내리더니
온 사방 질척질척
일손을 내려놓고
글벗님
만남의 글에
마음 편히 쉽니다

사뿐히 그쳐주면
하늘에 감사한 일
이 모두 그분의 뜻
보살핌 사랑이라
느긋이
기다리면서
노닥이며 지내요

농사일 힘들어도
채소와 푸성귀들
나눔의 넉넉함은
글벗의 사랑이죠
만남은
행복한 동행
아름다운 길이죠

# 들깨모 정식

밀림 같은 옥수수 숲
대공 사이 사이로
오리걸음 뒤뚱뒤뚱

딱따구리로 구덩이 파고
어린 들깨 모종을
토닥토닥 정식을 했다

앞 옷섶 흥건히 땀에 젖어
소금꽃 하얗게 피어나고
힘겹게 밭고랑을 메운다

매일 이어지는 밭농사에
땀 흘리며 지쳐가지만
고객님 전화에 힘 오르고

잘 먹을게요 감사합니다
그 한마디에 모든 수고로움이
사르르 향기의 꽃잠이 든다

# 들녘의 주인

둘레길 이곳저곳
주인을 기다리는
농작물 사랑이들
가꾸고 보살피고
호탕한 들녘의 주인
한 걸음씩 앞으로

오늘은 어느 임께
내 사랑 꼬물이들
간택해 보내줄까
마음은 구름 따라
둥둥둥 저 멀리 가고
얼굴 가득 미소 꽃

모양은 울퉁불퉁
인물은 아니어도
건강한 먹거리라
자긍심 농부 뚝심
나눔은 너무 좋아라
임들 찾아갑니다

## 사랑아 내 사랑아

눈길이 가는 둘레길
짬짬이 맘 내려놓고
우리 만남에 행복한
눈길 그윽함 마주하지

향기의 고운 꽃들
벙그는 아침의 숨결
소소한 일상의 시작
분주함으로 동동거리지만

터 잡고 사는 이곳이
나의 꿈은 익어가고
살포시 내려 주었기에
감사함 잊지 않기로

초심의 생각 그대로
향기로움 가득 스미는
사랑아 내 사랑아
앞으로 쭉쭉 달려보자

# 무궁화꽃

마을의 동네 길엔
활짝 핀 무궁화꽃
누구나 애국자가
되는 듯 뿌듯하다
무궁화 우리 나라꽃
곱게곱게 피었네

수려한 무궁화꽃
마음과 뜻 모아서
노란 조끼 어른들의
가꾸는 손길마다
봉사와 꽃 가꿈이로
애국하며 일하죠

# 약속

사람과 사람 사이
약속이 지켜져야
신뢰가 쌓여가고
믿음이 생기는데
어쩌유 옥수수 수확
장맛비로 성장 뚝

전국의 각처에서
고객님 택배 요청
다음 주부터 보냅니다
이번엔 틀림없죠
힘없이 네 보낼게요
햇볕 쨍쨍 그립다

행여나 실수하여
택배 용지 빠질까 봐
신경 써 옮겨적고
발걸음 텃밭으로
옥수수 시집 보내려
사전 답사 합니다

# 연리지

그리움 가득 품고
한세상 살고파라
그대와 함께하는
참사랑 살고지고
연리지
뜨거운 사랑
당신만을 사랑해

두 나무 바라보며
한 몸이 되고 싶어
두 손을 마주 잡고
한없는 사랑이야
마지막
그 순간까지
사랑하며 살아가리

# 옥수수 정식

어린 모 옮겨심기
늦가을 맛 맛으로
나누어 먹어볼까
비바람 피해 없이
텃밭에 가을 옥수수
옹골차게 되겠지

좋아하는 지인들과
불러서 함께 먹는
옥수수 하모니카
늦가을 정 나누며
가을밤 쑥 모닥불에
별밤지기 즐길까

## 삶의 현장에서

밤은 고요 속에 깊어가고
눈꺼풀이 스르륵 내려앉아
가로등처럼 불 밝혀
살며시 졸고 있다

삶의 현장 찾아주신 이웃
시끄러운 음악은
문 틈새로 새어 나오고
밤은 그리 깊어만 가는데

주마등처럼 떠오르는 친구들
그리움은 소복소복 쌓여
깊어가는 이 밤 아련함만
빗물 속으로 내 달린다

만남을 기다리며 좋아라
마냥 들떠 있었는데
이게 뭐람 기약 없는 만남
현실의 벽에서 또 다음으로

점점 확진자 늘어만 가고
불안함은 떨칠 수가 없다
친구야 내 친구야 우리들
맘 편히 만날 수 있으려나

# 강물

앞이 안 보이는 상황
굵은 빗방울 쏴쏴
끊임없이 내리고
강물은 출렁출렁

논밭의 낮은 지역
고운 흙 빗물에 씻겨
속살을 드러내고
아픔의 잔여물 둥둥둥

어디로 가야 하는지
푸른 물 넘실대던
강물은 아픔들 고이 담아
붉게 토해내 비릿하고

더 이상의 아픔은
멈추어 주길 빌면서
검은 하늘 바라보니
힘이 바람처럼 샌다

# 화초 호박

우아한 남자 한복
저고리 맵시 자랑

어여쁜 호박 단추
화분에 주렁주렁

화려한
닮은꼴 모습
처음 보는 어여쁨

발길을 멈추고서
눈도장 사진저장

주인장 신이 나서
장황한 긴 설명에

처음 본
씨앗 나눔을
약속받아 두었죠

# 해 오름

푸르른 숲 사이로
해님이 방긋방긋
앞마당 산까치도
반갑게 깍깍대고
해 오름 아름다움에
싱글벙글 좋아라

텃밭의 옥수수도
영양분 햇살 받아
알알이 영글어져
시집을 가겠구나
혼주의 바빠지는 맘
설렘으로 꽉 차네

# 꿈이 익는 계절

한 뼘밖에 안 되던 봄
꽃 피우고 살며시 떠난 뒤
그 자리에 여름 내려앉았지

하루해 길이 엿가락처럼
길게 늘어져 낮잠을 자고
등가죽 따가운 오뉴월

땀범벅이 되는 여름은
꿈이 익는 계절이라서
신비롭고 마냥 좋아라

싱그러움의 싹이 자라
고운 희망 드리우는 들녘
발레 선수처럼 뒤꿈치 들고

하나둘 수확기 접어들어
마냥 바쁘고 수고롭지만
희망의 꽃이 활짝 피고 있다네

# 능소화

능소화 탐스럽게
둥글게 무리 지어
고운임 찾아가네
언제쯤 만나려나
보고픔
그리움 되어
하늘 끝에 닿으리

속 타는 붉은 순정
꽃으로 활짝 피워
향기의 속삭임은
저 멀리 흩어지고
나 여기
피어있노라
기다림의 긴 여정

# 오후의 끝자락

빗방울 오락가락
하늘이 잔뜩 흐려
비가 또 오려는지
코로나 확산 되어
우리 삶 힘들겠지만
슬기롭게 견뎌요

어쩌요 불편하고
지치고 어렵지만
수칙과 거리두기
철저히 지켜가며
마음의 즐거움으로
힘든 고비 넘겨요

오후의 끝자락에
오늘의 계획대로
분주히 움직이는
소소한 집안일들
호박과 오이 따내어
지인들께 보내요

# 삶의 무게

채 날이 밝기도 전에
들녘으로 달리는 발길
손수레 가득 옥수수 담아
어기영차 어영차

여물기가 빨라지고
서둘러 수확을 앞당겨
쉴새 없이 흐르는 땀과의
전쟁을 치르는 중이다

버거운 하루의 일상
일손을 구할 수도 없는
농촌의 아픈 이 현실
이웃이 모두 고령의 노인들 뿐

농사는 즐겁고 보람되지만
삶의 무게가 너무 무거워서
이젠 슬슬 내려놓으며
노년의 삶을 준비 해야겠다

삶의 현장에서 늘 동동거리지만
시시때때로 다른 모습으로
내게 와준 사계절 담으며
행복했기에 웃을 수 있나 보다

# 들녘에서

옥수수 밀림처럼
빽빽이 서 있다가

수확기 끝난 뒤엔
썰렁한 들판이네

외롭고 쓸쓸한 들녘
허허로운 내 마음

옥수수 대공 베니
들깨가 얼굴 쏘옥

이랑에 심은 사랑
보일 듯 말 듯 하니

언제쯤 활짝 피려나
기다리는 조바심

# 옥수수 수확

뙤약볕 등에 지고
힘들게 농사지어
커가는 농작물들
곁으로 총총 오면
텃밭을
바라보는 맘
힘이 나요 저절로

옥수수 까만 수염
끄덕이 말라가고
고운 알 촘촘 박혀
수확기 되었지요
강원도
찰옥수수가
달착지근 맛나요

웃으며 임의 곁을
찾아갈 주소 확인
고생한 보람 되어
위로가 되었지요
공들여
키운 옥수수
시집보낼 채비 끝

# 찐 옥수수

쫀득한 찰옥수수
밭에서 바로 꺾어
옥수수 껍질 벗겨
두 솥에 푹푹 삶아
급냉동 저장 중이요
꽁꽁 겨울 만나요

무더기 태산처럼
쌓인 꿈 찰옥수수
기쁨도 반가움도
내게서 멀어져간
속 타는 애물단지네
허기져간 두 농심

풍년이 돌아오면
무조건 어절씨구
이 무슨 변고일까
근심과 걱정으로
재고량 애태우는 맘
웃음꽃이 떠났네

# 아침노을

아침노을 보기 드물게
온통 울긋불긋 물들이고
설익은 햇살이 드문드문
들녘에 내려앉는다

구름이 햇살에 녹아
아름다운 비단 꽃을 피우고
저녁 노을빛을 닮은 듯한
하늘빛 정말 고와라

며칠 동안 불볕 무더위
시작되면서 고단하기에
비라도 한 자락 쏟아지기를
은근히 기다려 보는 맘

저리도 멋진 하늘 풍경
매일 다른 모습으로
즐거움과 선물 내려 줌에
알차게 시작해 보련다

# 고운 인연

구름과 골안개가
아침의 오늘 더위
예고라도 해주듯이
더위가 스멀스멀
고마움 간직하고픈
고운 인연 있지요

아무런 대가 없이
무조건 잘해주는
직진의 어른 있어
하루를 열어가는
오늘도 따듯한 사랑
배려하는 고운 맘

마음속 간직하다
그립고 보고싶어
가끔은 생각 꺼내
만날 수 있는 사람
아련한 고운 인연에
감사하며 지내죠

# 고구마꽃

무성한 잎 사이로
드물게 볼 수 있는
고구마꽃이 피어
신기해 담아왔죠
꽃말은 행운이라죠
은은한 향 퍼져요

고구마 줄기 따라
살며시 몸을 숨겨
은근히 유혹하는
분홍색 작은 꽃들
꿀벌들 사랑 찾아서
숨바꼭질하네요

# 숲 바람

계곡의 숲 바람은
온몸에 살랑살랑
시원함 몰려오고
솔바람 감미롭네
오늘은 소풍 나온 날
계곡물에 텀 버덩

고마운 숲 바람은
더위를 식혀주고
서늘함 즐기면서
폭염을 날려본다
숲 사이 나무 이파리
팔랑이며 춤추네

# 둘이 두 밥

식탁의 밥상 문화
변하여 가고 있어
혼밥의 일 가구로
왜인지 안타깝네
예전엔 두리반 모여
시끌벅적하였지

혼밥이 아니어서
얼마나 다행인가
두 사람 마주 보며
식탁에 둘이 두 밥
부부가 살아가기에
웃음꽃이 핍니다

# 밤 단호박

겉껍질 진 초록색
잘 익은 밤 단호박
햇살에 달구어진
호박이 노릇노릇
속 노랑 포근포근해
빛이 나요 맛나게

집안에 가득 쌓인
단호박 태산 같아
보는 눈 즐거워라
땀 흘려 일한 보람
수확의 큰 기쁨 되어
돌아왔네 곁으로

단호박 풍년 되어
태산을 넘나드네
고객님 주문 전화
기쁨은 배가되어
하늘길 걷는 것처럼
사뿐사뿐 넘쳐요

제4부

# 가슴에 핀 꽃

# 고추 첫 수확

새벽녘 눈 비비며
하우스 걸음걸음
고추가 주렁주렁
빨갛게 익은 걸로
탐스런 고추 첫 수확
싱글벙글 웃음꽃

태양초 만들어서
고추장 김장김치
칼칼한 양념으로
손맛과 기술 부려
맛나게 만들어 볼까
고추 농사 대 풍년

# 된장 항아리


햇살이 내려앉은
장독대 반짝반짝
콩으로 빚은 메주
된장이 숙성되네
고로쇠 물로 담근장
달작지근 맛나요

까만밤 하얀달빛
별빛이 쏟아지는
툇마루 항아리들
정답게 소근소근
좋아라 별빛 이야기
정다워라 나의 집

# 커피를 마시며

문득문득 보고픈
얼굴이 떠오르는 날
모닝커피 한잔으로
그리움을 삭인다

같은 하늘 아래에
같은 나라에 살면서
서로가 바쁘다는 핑계로
우리 만남 참 어렵지

행여나 비 오는 날
우연이라도 소식 올까
애써 기다려 보면서
한 모금 또 한 모금

머그잔 커피 바닥
그리움은 아득히 멀어져
평범한 일상 속으로
또다시 동동인다

# 찐 사랑

글벗을 방문하여
글 꽃들 마주하니
고운임 찐 사랑에
뜨거운 눈물 왈칵
생전에 입은 은혜를
무엇으로 갚겠소

서로의 맘 헤아려
날마다 오가는 말
몸 아껴 오래 보자
진심이 전해지죠
인연 복 타고났으니
찐사랑에 행복해요

이보다 좋은 일이
어디메 또 있겠소
고맙고 감사한 일
두 가슴 고이고이
이 생명 다할 때까지
직진으로 달려요

# 나의 그대

맘껏 바라볼 수 있는
그대가 있기에
행복을 알아갑니다

내 마음을 알아주는
그대랑 함께할 수 있기에
삶이 윤택할 수 있는 거죠

눈빛만 봐도 속내를
알아주는 나의 그대
진정 고마워요

야윈 내 삶에 꽃피우며
그대랑 마주 잡은 두 손
놓지 않고 맘껏 사랑할래요

# 풍성한 채소

어여쁜 꼬물이들
자라서 조롱조롱
갖가지 먹거리들
봐줘요 보고싶어
텃밭의 풍성한 채소
주인 손길 기다려

오늘은 어느 임께
보내면 좋아할까
맘 놓고 보낼 수도
흔해서 천대받네
귀해야 대우받는 몸
내 새끼들 어쩌랴

# 아침햇살

곱게도 빚어 내린
텃밭의 이른 아침
노오란 아침햇살
순풍 순풍 빠져드네
눈부신 파란 하늘빛
즐거움은 덤이야

언제나 함께하는
들녘의 작은 공간
소박한 나의 일상
하룻길 동행하며
날마다 바쁜 일상 속
성큼성큼 일해요

## 수확의 기쁨

커다란 빨강 고추
볼수록 탐스럽네
어른 키 훌쩍 넘겨
가지가 휘어지네
두 번째
수확의 기쁨
보람으로 오누나

새벽녘 새소리에
하룻길 열어가며
기왕에 해야 할 일
서둘러 고추 땄지
그늘막
하우스 안에
빨강 꽃이 피었네

# 단비

목마른 대지 위에
단비가 갈증 해소
꿀처럼 쏟아지고
우산 위 빗방울은
또르륵 노래 부르네
어쩔시구 좋구나

빗방울 소리 툭툭
속삭임 들려오니
더위도 사라진 듯
시원한 바람 솔솔
다정한 임의 속삭임
함박웃음 헤벌쭉

이보다 더 좋을 수
어디에 또 있을까
타들어 가던 농심
한 번에 해결되어
농작물 고개 꼿꼿이
하늘 보며 웃는다

# 좋아 좋아

기분이 날아갈 듯
산뜻해 좋아 좋아
시화전 열리는 곳
발걸음 옮긴다네
종자와 시인 박물관
시인님들 뵈려고

시화가 화장하고
마알간 모습으로
각자의 삶을 표현
절절히 녹아있지
얼마나 애쓰셨을까
보고싶네 시화전

간간이 올려주신
회장님 시인님들
시화의 솜씨 자랑
한눈에 들어오네
노고와 땀의 결정체
감사해요 정말로

# 글벗시화전

하늘가 언저리엔
구름꽃 가득 피고
고문리 산자락엔
글꽃이 가득 폈네
얼씨구 글벗시화전
어화둥둥 사랑꽃

멀리서 가까이서
발걸음 시인님들
그립고 보고싶은
정다운 모습 뵈어
참말로 행복했었죠
방글방글 웃음꽃

부산의 아름다운
시인님 감사해요
쑥 찰떡 머그잔 컵
손수건 캘리 작품
선물을 한 아름 받고
정신 몽롱했지요

큰 은혜 큰 사랑은
글벗의 자랑이죠
으뜸의 시인님들
고맙고 감사해요
다음에 또 만납시다
사랑해요 시인님들

# 꽃밭에서

앞마당 뜨락에는
비 온 뒤 생기 돌아
꽃들이 싱글벙글
저마다 앞다투어
고운 꽃 피워 주었네
아름답고 멋져라

꽃망울 터트리어
향기가 꽃밭에서
바람에 톡톡 날려
분 내음 자랑하고
향기가 남실 남실이
온 마당을 휘도네

# 풀벌레 우는 밤

가을을 재촉하는
풀벌레 울음소리
귀뜨르 귀뜰귀뜰
창문밖 요란한데
열대야
귀뚜라미와
깊어가는 여름밤

찌르르 찌르찌르
꽃밭에 풀벌레들
고요한 시골 밤에
모여서 노래하네
정답게
어울림하며
음악회가 열리네

# 여주

당뇨에 좋은 식품
여주를 심었더니

수풀을 이루었지
노란꽃 몰래 피어

도깨비
오돌 방망이
길쭉길쭉 달렸네

노랗게 익은 여주
씨앗은 빨강 열매

보호막 끈적끈적
어여쁜 보석이야

당뇨야
싹 물러가라
건강하게 살리라

# 가슴에 핀 꽃

어머니 가슴 속에
가득 핀 손주들의
재롱꽃 보고싶어
전화로 대신이네
손주들 얼마나 컸나
묻고 계신 어머니

긴 시간 왕래 없이
오 가지 못하는 맘
지치고 힘들어져
걱정과 근심이네
어머니 가슴에 핀 꽃
애간장만 녹이네

# 하늘의 꽃

어둠은 내려앉고
하늘 문 닫히면서

황홀함 무아지경
야경이 넘 멋지네

한눈에 맘까지 뺏겨
하늘 꽃을 담는다

퇴근길 마주함에
선물 준 이 순간을

언덕길 달려가서
맞이한 고운 하늘

화려함 담고 즐기며
맘껏 누린 풍경화

# 어머니

새벽에 살그머니
어머니 택시 타고
바쁜 일 돕겠다고
딸 집을 찾으셨죠
효도는
맘으로 하고
몸 고생을 시켜요

농사일 지쳐있는
외동딸 걱정이신
어머니 깊은사랑
그 은혜 갚을 길이
빚 되어
쌓여만 가고
울컥해진 딸내미

# 가을 오이

먹음직 가을 오이
풍성한 모습이야
노란 꽃 앙증맞게
방긋이 피어나서
꿀벌들 사랑놀이에
길쭉길쭉 열렸네

가시가 덕지덕지
온몸을 보호하고
초록의 먹거리가
햇살에 익어가네
임들께 맛보여 드릴
자랑거리 추가요

# 들깨밭

옥수수 밀림 속을
어렵게 심은 들깨

옥수숫대 누이고
가뭄에 탄 들깨 모

듬성한
모종들 반란
파릇파릇 자라네

절반은 살아남아
포기들 둥실둥실

푸르른 초록 물결
들깨 향 남실남실

가을날
축복의 만남
희망으로 올 거야

# 낮달

하룻길 파란 하늘
반쪽의 낮달 성큼
외로이 떠 있으니
어쩌랴 애처롭네
어느 임 기다리기에
홀로 사랑 마중물

봐주는 임 있을까
철없이 서성이네
온종일 구름 친구
정다운 친구여라
산자락 머나먼 곳에
그리운 임 계실까

# 태양초

여명의 기운 받아
서늘한 이른 아침
하우스 고추 수확
꼭지 따 손질하고
수돗물 목욕시켜서
빨강 고추 나란히

저마다 잘났다고
몸매들 자랑하네
고추 맛 매콤달콤
햇살에 건조되면
태양초 멋진 이름을
불러주게 하리니

# 미숫가루

누룽지 곱게 말려
토종밤 곡물 섞어
영양식 미숫가루
살포시 마셔 본다
깊은 맛 고소함 빠져
손이 가네 자꾸만

얼음물 동동 띄워
입안에 사르르르
시원한 음료 대신
한끼용 식사 대용
고운 임 찾아가는 맘
달짝지근 맛나요

## 노을

뜨겁던 하루해가
살포시 저물었네

산마루 쉬어가는
노을빛 깜짝 선물

황금색 찬란한 화폭
온 하늘에 물드네

저토록 멋진 그림
화가는 누구일까

천상의 고운 그림
덧칠한 반짝임에

감탄사 쏟아내는 맘
어질어질하누나

# 올벼

가을이 오나 보다
논밭에 벼 이삭이
겸손히 고개 숙여
올벼가 인사 주네
벼 포기 새초롬 익어
풍년 되어 오누나

옹골찬 노란 벼가
파도치듯 출렁출렁
바람에 일렁이는
알토란 멋진 모습
즐겁게 바라는 마음
큰 부자가 되었네

# 나도 꽃이야

주변에 꽃들 잔치
분내음 풍겨오고
쉼터엔 힐링 시간
뜨락에 모였어라
정다운 이웃사촌들
하하 호호 담소 중

백일홍 봉선화꽃
울긋불긋 피고 지고
날마다 눈 맞춤에
하룻길 짧았어라
향기로 불러주는 꽃
사랑 사랑이어라

호박꽃 질투 나서
열매를 주지 않네
줄기를 뒤척여도
애호박 아리아리
그대들 나도 꽃이야
노랑 별꽃 최고지

마당 뜰 둘레 길에
볼거리 먹거리들
꽃들이 싱글벙글
행복한 주인 사랑
이제는 호박꽃 사랑
넘치도록 해줄게

# 제5부

# 그리운 날에

# 칡꽃

곡예의 줄타기가
타잔의 놀이 야호
어울렁더울렁이
뭉쳐서 우람하네
칡꽃이 송알송알이
탐스럽게 피었네

갱년기 칡꽃차가
우리 몸 일등 공신
은은한 향기 빚어
우려서 차 마시면
건강한 몸 사랑 지킴
독소 해결된다네

# 갈바람

산에서 휘이휘이
갈바람 불어오니
들녘은 신이 나서
두둥실 춤을 춘다
자연의
오가는 바람
시원시원하구나

푸르름 가득하면
농작물 어느결에
민낯의 알곡들로
다가와 맞선 본다
하나둘
수확하면서
정신없이 바쁘네

# 상사화

긴 세월 온몸으로
그대를 기다려요
보고픔 한이 되어
상사화 꽃이 되어
그리운
임을 찾아서
나 여기에 와 있소

봄 가고 여름 와도
깜깜인 그리운 임
찾을 길 흔적조차
남기질 않았구료
어이해
보고 싶은데
애가 타요 까맣게

# 배추 모종

어린 모 속닥속닥
치밀어 올라오고
연두의 배추 모종
스무 살 앳된 모습
배추모 가을 김장용
텃밭으로 옮기네

물주고 배추 심어
정성껏 토닥토닥
옥수수 나간 자리
배추가 푸릇푸릇
가을날 알배기 통통
기쁨으로 오너라

# 이른 아침

새벽에 알림 주는
자연의 음악소리
새들의 지저귐에
두 눈이 반짝반짝
희망찬 뜨락의 감동
이 아침이 밝았네

희망찬 새들 가족
수다의 즐거움이
오롯이 내려앉은
아침의 사랑이야
동그란 풀잎 이슬은
싱그러움 그 자체

수줍게 내려앉은
개울가 물안개는
햇살의 영롱함을
뽐내듯 살랑이고
찬란한 삶의 하루도

싱그럽게 열리네

맞물려 돌아가는
세월의 톱니바퀴
자연도 흘러가고
인생도 돌고 돌아
행복한 하루이기를
소망하며 맞는다

# 반가운 손님

마지막 여름 더위
뜨거움 못 견디어
배추 모 말라 죽네
기다린 하늘 손님
지붕을 타다닥 울려
까치발로 뛰었네

이리도 반가울까
목마름 채워주고
생명을 살려주어
입가엔 미소 가득
기다린 반가운 손님
춤사위를 날리네

# 청옥산에서

짙푸른 녹음으로
우거진 청옥산은

산새들 지저귀고
들꽃이 아름 피어

산행길
기쁨을 주니
몸과 맘이 즐겁네

햇살이 설핏설핏
바람과 동행하니

시원한 물바람은
시리도록 차갑구나

하룻길
신선놀음에
해지는 줄 몰랐네

# 배추밭

노을 진 산마루엔
어둠이 사라지고
바빠진 마음 따라
조바심 가득이야
배추밭 스프링쿨러
돌려주는 물세례

어렵게 배추 정식
초가을 가뭄으로
아가들 잎이 말라
애타는 안타까움
물먹고 뿌리 내려서
둥실둥실 자라렴

## 그리운 날에

가끔은 보고 싶고
생각나 파란 하늘
무심히 쳐다보네
흰 구름 쫓아가는
아롱진 그리운 날에
떠나보세 둥둥둥

만나면 회포 풀고
속마음 주고받고
시 문학 공간속에
존경과 감사인사
사랑 꽃 가득 피어서
향기롭고 멋진 날에

# 비 오는 날

금비가 차락차락
하늘의 선물이야
좋아서 어깨춤이
더 덩실 쿵덕쿵덕
긴 나날 기다려온 비
좋을시고 신나네

가뭄이 해소되어
들녘의 농작물들
빗물에 춤을 추며
푸르름 반짝반짝
오늘이 최고 최고야
비 오는 날 좋은 날

# 사랑꽃

그리운 사연들은
가슴에 가득 쌓여
보고픈 그리움들
추억 길 돌고 도네
톡톡톡 사랑 꽃피어
천 리 먼 길 찾았죠

글로서 맺은 인연
만나면 즐거워라
두 손을 마주 잡고
무조건 직진이죠
우리는 글벗의 가족
정 나누며 삽시다

# 채송화꽃

한줄기 두 줄기씩
떼어내 흙에 심고
며칠 뒤 아름아름
한 포기 다산 가족
군락을 이루어 피니
채송화꽃 예쁘네

주인과 마주 보며
낮에는 방긋 피고
저녁엔 꼭 다문 입
볼수록 신기방기
동그란 채송화 꽃들
쌩긋쌩긋 피었네

# 놀이터

칙칙한 분위기 싹
벗기고 소파 수리
방마다 바꿔 바꿔
기분이 상승이야
조용히 쉬어 가 보자
좋은 날이 오겠지

탁자도 원목으로
탄탄히 짜서 놓고
쉰만큼 더 열심히
놀이터 가꿔보자
코로나 종식되면
함박웃음 웃겠지

# 부들

고문리 연못에는
부들이 곱게 자라
핫도그 주렁주렁
햇살에 노릇노릇
곱게도 구워졌구나
먹음직한 부들꽃

주황색 메리골드
곳곳에 어록들이
심장에 콕콕 박혀
마음을 살찌우고
종자와 시인 박물관
자주자주 찾으리

# 들녘의 사랑

눈길이 가는 텃밭
꼬물이 쑥쑥 자라
꽃피고 사랑사랑
농부의 맘 기쁘네
꿀벌들
꿀 따는 모습
윙윙 왕왕 난리법석

푸르름 가득 채운
텃밭의 농작물들
갈증의 목마름도
단비로 해갈되니
농부는
들녘의 사랑
풍년 되길 꿈꾸네

# 누리장나무

숲속을 물들이는
붉은 꽃 향기 솔솔
바람이 머물다 간
자리에 짙은 꽃잎
우수수 떠나가는 꽃
나비 되어 훨훨훨

온 산을 향기 품고
붉은 꽃 피워내어
오는 이 가는 이들
발걸음 멈추게 한
오 오라 누리장나무
아름답고 예뻐라

# 하늘의 선물

택배가 도착했네
큰 뭉치 아름아름

날마다 숙제하듯
일상들 써 내려간

보물인 하늘의 선물
동고동락 세월아

기쁨의 감동으로
사랑의 벅참으로

들녘과 농작물들
키우고 가꾸면서

살아온 잔잔한 일상
선물 되어 왔구나

# 안개꽃

산허리 감싸도는
하얀 꽃 낭실낭실
푸르름 어루만져
곱게도 피었구나
어쩌나
금세 떠나네
그리운 날 오려나

피우지 못한 사랑
아쉬워 한숨짓고
하늘로 올라가는
그 모습 애처롭네
안개꽃
눈물비 되어
돌아올까 살포시

# 나팔꽃 사랑

푸른 잎 반짝반짝
나팔꽃 보라돌이

사랑의 하트 뽐뽐
그리움 가득 실은

언덕 위
나팔꽃 사랑
정다워라 임의 꽃

갈바람 살랑이는
들녘의 언덕에는

나팔꽃 옹기종기
모여서 피고 지고

속삭임
주고받으며
어화둥둥 사랑아

# 옥수수(2)

늘씬한 각선미에
풍성한 머릿결은

바람에 빗질하고
고운 임 찾아올까

옥수수
염색 펌 했네
아름다운 뒷모습

긴 머리 짧은 머리
유행을 타는 듯이

붉은빛 염색하고
어여쁜 모습으로

꿀벌들
유혹한다네
고운 씨앗 품으려

# 부추꽃

하얀 꽃 송알송알
정원에 가득 피어
벌 나비 불러와서
정답게 놀고 있네
부추꽃 화사함 반해
이웃 마실 왔을까

동그란 부케 모양
진한 꽃 향기 실어
비 온 뒤 햇살 타고
온 뜨락 남실남실
모두가 사랑이여라
소담스런 앞마당

# 꽃밭

앞마당 뜨락에는
꽃들이 떠나가네
고운 꽃 향기 가득
몰려와 행복했지
갖가지 꽃과의 이별
애처로움뿐이야

풀 뽑아 김매주고
비료와 거름으로
함께한 봄과 여름
행복한 꽃밭 동행
내년에 다시 만나자
기쁨으로 와줄래

씨앗들 주섬주섬
양파 자루 고이 담아
하우스 주렁주렁
농부는 즐겁다네
내년을 기약하는 맘
행복으로 달리네

# 연꽃

더러움 가득 고인
연못에 둥실둥실
연꽃이 활짝 폈네
깨우침 일깨워 준
화려함 뒤 가르침은
맑음으로 살라네

둥둥둥 물 위 연꽃
어여쁜 함박 미소
와아락 반겨주니
뜨거운 설렘이야
찻집 뒤 연꽃의 교훈
사랑으로 살라네

# 이 하루

햇살이 상큼하게
온 들녘 살폿살폿
푸르른 생명들은
좋아라 나부낀다
온유한 이 하룻길에
사랑으로 번지리

공동체 문학단체
글벗의 시인님들
이 하루 사랑으로
맘속에 가득 넘쳐
서늘한 가을날처럼
반짝이며 지내요

서로들 이해하고
조금씩 양보하고
사랑과 존중으로
위아래 섬기면서
멋지게 동행하면서
행복하게 걸어요

# 글벗 가족

멀리서 달려와 준
소중한 글벗 인연
첫 만남 정다워라
이야기 수런수런
미소에 홀딱 반했네
보낸 뒤에 생각나

우리는 글벗 가족
글 나눔 정이 들어
한없는 기쁨이야
서로서로 사랑하며
같은 곳 바라보면서
기쁨으로 지내리

# 삶의 열정이 빚은 사랑과 행복의 꿈
### - 송연화 시집 『임 오시는 길』

**최 봉 희**(시조시인, 평론가, 글벗 편집주간)

하루하루 마음을 다해 글 쓰는 일, 그리 쉬운 일이 아니다. 그리고 글쓰기로 인해 조금씩 삶이 나아지고 행복해지는 일, 그래서 인생이 즐겁고 행복해지는 기쁨, 이것만큼 의미 있는 일은 없을 것이다.

얼마 전 나는 정년 은퇴를 앞둔 지인과 친구에게 자신을 위해서 글을 써보라고 권했다. 나의 살아온 인생을 정리하고 의미를 찾아보라는 의미에서 말이다. 그리고 나를 위해서 나의 행복을 위해서 펜을 들라고 말한다. 그러나 그리 쉽게 수용하지 않는다. 그러나 나는 그들이 글을 언젠가 쓸 것이라는 마음으로 인내하면서 기다린다.

어느 순간, 자신의 기다림은 참으로 아름다운 일이다. 농부가 씨앗을 뿌려놓고 꽃이 피고 열매 맺기를 기다리는 것처럼 그들을 살핀다. 사랑하는 사람을 멀리 보낸 연인처럼 임이 꼭 오기를 간절히 소망하면서 날마다 임이 언제 오시려나 손꼽아 기다린다. 내 자신에 대한 오랜 기다림이기도 하다. 타인에 대한 기다림이든, 세상의 모든 기다림은 사랑이 담겨 있다. 무엇인가 꿈꾸고 기대하면서 생각하고 그려본다.

글벗문학회 회원 중에 나와 함께 매일 글을 쓰는 작가가 대략 30여 명이 있다. 매일 글 나눔을 통해서 만나고 한 달에 한두 번은 원격 화상 모임을 통해서 만난다. 나이는 86세부터 시작하여 45세까지 그 연령은 다양하다. 그중에 하루도 빠지지 않고 매일 매일 글을 쓰는 열정적인 시인이 있다. 바로 송연화 시인이다. 어느덧 16권의 시집을 발간했다.

세계 최고령으로 데뷔한 일본의 할머니 시인 시바타 도요(1911−2013)가 생각난다. 아흔두 살에 아마추어 시인인 아들 겐이치의 권유로 시를 쓰기 시작했다. 그녀는 자신의 시 한 편을 어느 신문사에 처음 보냈고 신문에 게재되기를 기다렸다. 마침내 신문사에서 그 시를 싣는다는 연락을 받았다. 그래서 그녀는 그 후에도 또 한 편의 시를 보냈다. 그렇게 꾸준하게 시를 쓰다가 마침내 아흔아홉 살에 자신의 첫 시집 『약해지지 마』를 발간한다. 그 시집은 일본 국내에서 엄청난 인기를 누려 150만 부 이상 판매되었다. 우리나라에서도 지식여행 출판사에서 2010년 발간된 바 있다. 그녀의 두 번째 시집은 100번째 생일에 출간되었다. 두 번째 시집 이름은 『100세』다. 그의 시중에 가슴에 와

닿는 시 한 편 소개한다.

> 나 말야, 죽고 싶다고
> 생각한 적이 몇 번이나 있었어
> 하지만 시를 짓기 시작하고
> 많은 사람들의 격려를 받아
> 지금은
> 우는 소리는 하지 않아
>
> 98세라도 사랑은 하는 거야
> 꿈도 꿔
> 구름도 타고 싶은걸
> ─ 시바타 도요의 시 「비밀」

 모든 이를 놀라게 한 그의 시는 아름답고 순수하다. 혼자 사는 생활 속에서도 외롭지 않았다. 시를 쓰면서 많은 사람들을 만났고 그 격려 속에서 삶을 긍정하고 용기 내어 되었다. 그의 시는 동시처럼 쉬운 글이었다. 때로는 다정하고 따뜻하게 속삭이는 글이었다,

> 있잖아, 불행하다고
> 한숨짓지 마
> 햇살과 산들바람은
> 한쪽 편만 들지 않아
> 꿈은 평등하게
> 꿀 수 있는 거야

나도 괴로운 일
　　많았지만
　　살아 있어 좋았어
　　너도 약해지지 마.
　　- 시바타 도요의 시 「약해지지 마」 전문

　요한 블프강 폰 괴테는 이렇게 말한다. "당신이 할 수 있는 것, 혹은 할 수 있다고 꿈꾸는 것, 그것을 시작해라. 천재성과 힘, 그리고 마법은 대담함 속에 들어 있다."
　송연화 시인은 시인의 꿈을 펼친 지 다섯 해가 되었다. 그는 농부 시인이다. 어느덧 16권째 시집을 출간하면서 매일 매일 시 쓰는 것은 습관이 되었다. 어느 날 나는 송 시인에게 물었다. "글을 쓰는 일이 행복하신가요?" 그의 대답은 명쾌했다. "무척 행복하지요"라고 했다. 그 연유를 물으니 자신의 삶을 정리하면서 글을 쓰는 것은 자신을 성찰하는 일이라서 기쁘다고 했다. 더욱이 농사를 지으면서 얻은 곡식을 이웃과 나누거나 농산물을 판매할 때마다 책을 한 권씩 그냥 넣어서 보낸다고 했다. 그러면 그분들이 반가워하고 좋아하면서 꼭 연락이 온다고 했다. 시인에게는 논밭에 새싹의 꼬물이가 친구다. 그리고 그의 사랑이다. 그뿐인가. 가족과 이웃들이 있어 즐겁다. 함께 글 쓰는 글벗문학회 회원들이 있어서 행복하다고 말한다. 그는 자신의 삶을 시로 표현한다.
　그녀가 이렇게 열정적으로 글을 쓰는 이유는 무엇일까?

어쩌면 우리가 사는 세상이 참으로 아름다움으로 가득해서 그에 대한 행복의 진실을 이웃에게 알려주고 싶은 것이 아닐까?

그윽한 삶의 향기
번지는 하룻길에
뜨락에 소담스런
햇살이 내려앉네
왜 이리 반가운 겐지
임의 향기 같아라

작물들 좋아 좋아
신나게 흔들흔들
춤추며 노래하며
사랑가 불러주네
마주한 그대랑 나랑
함박웃음 번지네
- 시조 「그대랑 나랑」 전문

글을 쓰는 삶은 창과 문을 전부 열어놓고 사는 삶이다. 그 열린 창문으로 보이는 것을 글로 표현하는 일은 이 세상에 살아 있다는 사실과 행복을 함께 목격하게 해주는 일이다. 그 일을 해줄 수 있는 사람은 사실 함께 사는 가족들이다. 물론 글 나눔을 통해서 정을 나누는 글벗이 있지만 가장 큰 힘이 되는 것은 가족임에 틀림없다. 그중에서

토 송연화 시인에게는 함께 살아가는 동반자가 있기에 가능했던 일이 아니던가.

당신을 만난 것이
내 인생 최고 행운
인생길 살아가는
가장 큰 축복이죠
우리 둘 지금처럼만
아껴가며 살아요

이웃의 사람들과
어울림 하는 것도
벅찬의 아름다움
정답게 둥글둥글
사랑과 정 나눔으로
행복 꽃이 피지요

아침에 눈을 뜨면
당신을 볼 수 있어
얼마나 다행인지
말할 수 있는 기쁨
소중한 당신과 함께
이 하루를 즐겨요
- 시조 「당신」 전문

가족 중에서 글 쓰는 일을 응원해주고 지지하는 손길, 그것만큼 큰 힘은 없다. "사랑은 마주 보는 것이 아니라 함께 같은 방향을 바라보는 데 있다."고 하지 않던가. 사랑할 때는 서로에게 집중한다. 서로를 알고 싶기 때문이다. 하지만 서로에게 오래 집중하면 허물이 보이기 시작하고 지루해질 수 있다. 그래서 마주 보는 사랑은 오래가지 못하는 법이다. 서로에게 계속 만족하기란 불가능하다. 아름다운 사랑은 서로 마주 보는 눈길에서 시선을 돌려서 서로 함께 한 미래의 한곳에 눈길을 주는 것이다. 그런 의미에서 송연화 시인의 글쓰기는 내일을 위한 오늘의 성찰이자 행복이 되는 듯하다.

　　그리움 가득 품고
　　한세상 살고파라
　　그대와 함께하는
　　참사랑 살고지고
　　연리지
　　뜨거운 사랑
　　당신만을 사랑해

　　두 나무 바라보며
　　한 몸이 되고 싶어
　　두 손을 마주 잡고
　　한 없는 사랑이야
　　마지막
　　그 순간까지

사랑하며 살으리
– 시조 「연리지」 전문

 사랑의 아름다움은 어떤 상태일까요? 사랑을 말할 때마다
가장 선한, 가장 고귀한, 가장 즐거운 감정이 떠오른다. 그
사랑은 내게 직접 찾아온다. 다른 사람이 아무리 말해도
내가 직접 보고 경험하지 않으면 의미가 없다. 아름답지
않다. 단순함도 복잡함도 아니오, 소박함도 화려함도 아니
다. 한 마디로 더할 것도 뺄 것도 없는 최선의 상태, 곧 즐
거움을 준다. 그렇게 글쓰기는 기쁨과 행복을 불러온다. 그
래서 사랑을 떠올리면 바로 마음이 밝아지고 가슴이 벅차
며 생각이 맑아진다.


흰 장미 빨강 장미
울타리 너랑 나랑
마주한 고운 모습
어울림 멋지구나
그윽한
꽃향기 폴폴
향기로움 넘치리


오 가는 발걸음들
감탄사와 예쁜 말들
한마디 던져주는
칭찬에 헤벌쭉이

장미꽃
넘치는 사랑
하루해가 짧구나
- 시 「너랑 나랑」 전문


　사랑은 결코 보이지 않는다. 행복은 만져지지 않는다. 참
으로 좋은 것은 눈으로 보거나 손으로 만질 수 없다. 왜냐
하면 그것은 사람의 가슴 속에 있기 때문이다. 눈의 기쁨,
촉각의 즐거움은 잠시뿐이다. 하지만 가슴에 찾아든 행복
은 쉽게 사라지지 않는다. 가슴에 아름다움을 많이 쌓아둔
사람은 행복하다. 그래서 가슴에 행복의 창고를 크게 지어
야 한다. 그 행복의 기록 창고가 바로 글을 쓰는 일이다.
그런 면에서 송연화 시인은 행복의 창고를 크게 짓는 사람
이다. 어느덧 16권 아니 20권의 시집 발간을 목표로 하고
있다.


어둠이 내려앉은
기와집 마당 뜨락
임께서 오시는 길
힘들면 어이 할꼬
초롱꽃 불 밝혀놓고
정성으로 지켜요

논밭에 개구리들
일제히 개굴개굴

음악회 열렸지요
까만 밤 하얀 달빛
뜨락에 알알이 박혀
보석처럼 빛나죠

축제를 열었어요
오늘밤 오시나요
초롱꽃 조롱조롱
꽃등을 걸어두고
고운 임 오시는 그 길
꽃향기로 만나요
– 시조 「임 오시는 길」 전문

 송연화 시인은 오늘도 임 오시는 길로 나아간다. 초롱꽃 불 밝히고 하얀 달빛이 되어 임이 오시는 길을 불 밝힌다. 그뿐인가 초롱꽃 꽃등을 켜고 꽃향기를 뿌리면서 준비한다. 그의 시적 감각은 민감하고 섬세하다. 나뭇잎 흔들림에도, 풀벌레와 개구리가 우는 소리나 새가 우는 소리 하나에도 귀를 쫑긋 기울인다. 그리고 꽃이 피는 그 향기에도 그냥 지나치지 않는다. 모두가 사랑의 시로 표출되어 사랑의 노래로 표현된다.

 월리엄 세익스피어는 "사랑하고 있는 사람의 귀는 아무리 낮은 소리도 다 알아듣는다."고 했다.

 시인이 사랑하는 사람이나 대상을 사랑할 때는 시간도 분, 초 단위로 바뀐다. 천 리 밖의 눈빛도 한눈에 감지하는 듯하다. 시인의 눈에는 자연의 새싹들의 싹틈이 경이롭고 사람들의 작은 목소리도 또렷이 들리는 것이다. 더욱이 꽃 한 송이의 몸짓과 향기에도 행복을 느낀다. 모든 만남이 새롭고도 행복한 것이다.

눈길이 가는 둘레길
짬짬이 맘 내려놓고
우리 만남에 행복한
눈길 그윽함 마주하지

향기의 고운 꽃들
벙그는 아침의 숨결
소소한 일상의 시작
분주함으로 동동거리지만

터 잡고 사는 이곳이
나의 꿈은 익어가고
살포시 내려주었기에
감사함 잊지 않기로

초심의 그대로
향기로움 가득 스미는
사랑아 내 사랑아
앞으로 쭉쭉 달려보자
– 시 「사랑아 내 사랑아」 전문

누군가를 깊이 사랑하면 그 사람이 나의 한 부분이 된다. 어떤 일을 깊이 사랑하면 그 일이 나의 한 부분이 된다. 나와 떨어지지 않는 대상, 나와 함께 성장하며 같이 열매 맺는 사랑, 이 사랑이 참사랑이 아닐까?

송연화 시인은 자신이 하고픈 일을 열정으로 실천하고 있다. 그것도 즐겁게 행복한 마음으로 열심히 하고 있다. 그만큼 자신의 삶을 사랑하는 것이다. 그래서 그는 이웃과 글벗들과 좋은 관계를 만들고 있다. 어려운 이웃을 돕는 것은 물론이고, 힘들고 약한 사람의 편에 서서 잘 챙기는 심성을 지녔다. 자신이 가진 것을 따뜻하게 나눌 줄도 안다. 시인이 깊이 관심으로 사랑하는 것은 그의 삶의 일부가 되고 있다.

옥수수 밀림처럼
빽빽이 서 있다가

수확기 끝난 뒤엔
썰렁한 들판이네

외롭고 쓸쓸한 들녘
허허로운 내 마음

옥수수 대공 베니
들깨가 얼굴 쏘옥

이랑에 심은 사랑
보일 듯 말 듯 하니

언제쯤 활짝 피려나
기다리는 조바심
- 시조 「들녘에서」 전문

송연화 시인은 앞에서 말한 것처럼 농부 시인이다. 그래서 더욱더 행복한 사람이다. 왜냐하면 오늘도 더 나은 미래를 꿈꾸는 희망이 있기 때문이다. 옥수수 수확이 끝났으면 이제 들깨 농사를 위해 수확을 준비해야 한다. 누구나 과거를 품고 살면 삶이 힘들고 괴롭다. 과거로 돌아갈 수 없기 때문이다. 대신 미래를 꿈꾸는 사람은 행복하다. 새날, 새 아침, 새 일에 희망을 걸고 산다. 어제보다는 오늘이 낫고 오늘보다는 내일이 더 좋아질 것이기 때문이다.

어떤 일을 잘하기 위해서는 마음의 준비가 잘 되어 있어야 한다. 마음이 든든하고 자유로우면 그 삶도 자유롭고 든든하다. 시인은 농부로서 씨앗을 뿌리고 거름을 주면서 자신의 삶의 풍년을 준비한다.

햇살이 내려앉은
장독대 반짝반짝
콩으로 빚은 메주
된장이 숙성되네
고로쇠 물로 담근장

달짝지근 맛나요

까만 밤 하얀 달빛
별빛이 쏟아지는
툇마루 항아리들
정답게 소곤소곤
좋아라 별빛 이야기
정다워라 나의 집
— 시조 「된장 항아리」 전문

　자연은 언제나 공평하고 정직하다. 그리고 거짓말을 하지
않는다. 조금도 가식도 없고 어떤 불평도 하지 않는다. 자
연의 손길은 창조의 손길이며 노력의 손길, 인내의 손길이
다. 자연은 침묵 속에서 끊임없이 꽃을 피우고 자라 열매
를 맺으므로 자신을 늘 새롭게 한다. 시인은 이런 자연에
서 늘 배우면서 산다. 어쩌면 자연이 시인의 스승이 아닌
가 한다. 그래서 시인은 길가의 나무 한 그루, 풀 한 포기
에게 말을 걸곤 한다.

비 온 뒤 상쾌함이
온 누리 번져가고
햇살의 반짝임은
다독여 살펴주네
따스한
하루의 햇살
반짝반짝 고와라

들녘의 농작물도
하루가 다른 모습
성장들 쑥쑥 크네
머무는 눈길마다
미소 꽃
가득 피어서
둥근 마음 되누나

자연의 감사함에
고운 맘 가득 실어
하루의 시작으로
벅참의 감동 물결
꿈꾼다
녹색 혁명아
푸른 물결 번져라
– 시조 「녹색혁명」 전문

　시인에게 희망은 절대적이다. 풍년에 대한 희망, 녹색혁명의 푸른 물결을 꿈꾸는 희망 없이는 아무 일도 하지 않는다. 희망없이는 아무 일도 할 수 없다. 시인의 영혼은 희망을 먹고 사는 듯하다.
　송연화 시인은 누군가에게 무언가를 주고 싶다면 아낌없이 대가 없이 나눈다. 자신이 가꾼 수확물을 그리고 자신이 발간한 시집을 이웃들에게 나눈다. 이것은 가장 귀한 것을 이웃에게 나누는 것이다. 그것은 다름 아닌 희망이고 사랑이며 행복이다.

바람은 쉴 새 없이
몰려와 노닥노닥
청량한 바람결은
온 들녘 훠이훠이
피곤한 몸 쉼 하면서
뒹굴뒹굴 벗하네

새파란 하늘 빛깔
저리도 고운 걸까
자연의 위대함에
미소가 가득 번져
살포시 즐기는 하루
마음 충전이라네

비단결 흰 구름은
점점이 흘러가고
초록의 들녘에는
춤추는 농작물들
하늘 땅 조화로운 날
일렁이는 꽃물결
– 시조 「바람(2)」 전문

 희망이란 마음 밭에 뿌리는 씨앗과 같아서 한 번 뿌려지면 스스로 자라 꽃을 피우고 열매를 맺는다. 그 열매가 다시 새로운 희망을 만든다. 송연화 시인은 어느덧 20권의 시집을 발간을 목표로 오늘도 열심히 글을 쓴다. 그것은 그의 꿈이자 희망이었던 열여섯 권의 시집을 출간했다. 지금도 희망의 씨앗을 뿌리고 있는 듯하다. 씨앗을 심어야 꽃이 피고 열매를 맺는 것처럼. 우리가 이제 송연화 시인에게서 배워야 할 것이 있다. 대략 다섯 가지 정도 되는 듯하다.

첫째, 열심히 메모하고 적는 습관이다. 아름다운 글을 읽고 책을 읽으면서 아름다운 글말을 찾아서 열심히 적고 있다. 좋은 글을 읽고 나의 것으로 새롭게 창작하려는 태도가 아름답다.

둘째, 매일 사물을 자세히 관찰하고 자신의 감정을 관찰한다. 농사를 지으면서 새싹이나 모종은 물론이고 모든 성장과정을 세밀하게 날마다 살핀다. 그 자연과 대화를 나누듯이 자식처럼 아끼면서 대화하는 것이다.

셋째, 자신이 배운 내용을 실생활에서 구체적으로 실천하면서 끝까지 글을 완성한다는 것이다. 글을 쓰기 전에 배경지식을 사전 조사하고 글을 설계하는 것이다.

넷째, 하루하루 마음을 다해서 글을 쓴다는 것이다. 그의 열정에서 비롯된 글쓰기는 오롯이 행복한 글쓰기가 된다는 사실이다. 왜냐하면 글쓰기로 인해서 그의 삶이 달라지고 나아지고 있기 때문이다.

끝으로 글을 쓰면서 인생을 즐기고 있다는 사실이다. 그는 글벗문학회 행사 때마다 빠짐없이 참여하고 적극적으로 이끄는 자문위원의 역할도 맡고 있다. 그가 얼마나 글벗을 사랑하는지 알 수 있는 그의 글 한 편을 살펴보자.

장맛비 밤새도록
주르륵 내리더니
온 사방 질척질척
일손을 내려놓고
글벗님 만남의 글에
마음 편히 쉽니다

사뿐히 그쳐주면
하늘에 감사한 일
이 모두 그분의 뜻
보살핌 사랑이라
느긋이 기다리면서
노닥이며 지내요

농사일 힘들어도
채소와 푸성귀들
나눔의 넉넉함은
글벗의 사랑이죠
만남은 행복한 동행
아름다운 길이죠
― 시조 「글벗 사랑」 전문

지금껏 그의 열정이 빚은 시와 시조의 면모를 살폈다. 송 연화 시인은 아직도 목마르다. 그의 나눔과 배움은 끝이 없다. 새로운 행복의 목표가 있기에 또다시 시의 샘물을 찾는다. 오늘도 자연과 이웃 그리고 가족을 생각하는 사랑

의 글을 쓴다. 온 세상이 행복할 때까지 그의 글은 멈출
수 없는 것이다. 그의 꿈과 행복의 성취를 우리 모두 지켜
보자. 그의 건승과 건강을 기원한다.

■ 글벗시선164 송연화 시집

# 임 오시는 길

**인 쇄 일** 2022년 4월 13일
**발 행 일** 2022년 4월 13일
**지 은 이** 송 연 화
**펴 낸 이** 한 주 희
**펴 낸 곳** 도서출판 글벗
**출판등록** 2007. 10. 29(제406-2007-100호)
**주　　소** 경기도 파주시 와석순환로 16,(야당동)
　　　　　롯데캐슬파크타운 905동 1104호
**홈페이지** http://guelbut.co.kr
**E-mail** juhee6305@hanmail.net
**전화번호** 031-957-1461
**팩　　스** 031-957-7319
**가　　격** 15,000원
**I S B N** 978-89-6533-213-8 04810